DAYANA BENAVIDES
LOS GENIALES

Ilustraciones Ángel David García

Contenido

LA BOLICHA	4
EL VILLANO	9
LOS VIDEO JUEGOS	13
EL VIAJE	20
COCINANDO	36
EL SALÓN DE LOS SÚPER HÉROES	39
LAS MASCOTAS GENIALES	45
EN EL MAR	48
Acerca del autor	52
Acerca del ilustrador	53

Los Geniales

Los cuentos Los Geniales, son una serie de ocho historias, donde los protagonistas son tres chicos súper héroes, que cuentan sus peripecias con gran humor desde una perspectiva muy especial. Viajan a diversos mundos y viven diversas aventuras. Pero no solo es un libro para entretener o generar conocimiento, sino también incidir positivamente en las personas, promoviendo valores como la inclusión a través de la literatura ¡Porque ser especial es genial!

LA BOLICHA

Un día estábamos jugando en medio del patio, cuando se metió una bolicha por si sola al juego, buscamos con nuestros ojos al dueño de la canica, pero no había otros niños a nuestro alrededor. Aldo la tomó entre sus manos, y se quedó viéndola fijamente, era muy bonita, con los rayos del sol se torna de diversos colores, pero cayó nuevamente a la tierra, y entonces yo intenté cogerla, pero cada vez que me acerca, la bolicha se movía ¿Qué clase de broma es está? ¿Será que es un modelo con control remoto o magnetizado? – me pregunté. Frank se divertía viendo como la canica se burlaba de nosotros. Se escabullía por sí misma. Hasta que la rodeamos entre todos y al sentirse atrapada, emitió una gama más amplia de luces, en una secuencia que parecía marcada por un reloj, y al cabo de unos minutos, empezó a cambiar de forma, ya no era una esfera, parecía tener vida. Empezó a volar alrededor de nosotros, mientras temblamos de miedo ante el raro objeto pero no podíamos salir huyendo, por alguna razón estábamos inmovilizados. Al cabo de un instante, se escuchó un sonido extraño, parecía una música, la habían escuchado antes en clases, era "La marcha de la alegría" y en el objeto volador se esbozo una sonrisa, parecía dibujarse un rostro sobre la placa metálica al sonar la melodía. Se trataba de un pequeño robot con actitud amigable. Aldo, Frank y yo pudimos recuperar la movilidad, y por alguna extraña razón, no sentíamos temor, aunque lo que ocurría era muy extraño. El robot se detuvo justo sobre las manos de Aldo y le dijo: - Hola.

Aldo se había quedado sin palabras ante la particular situación. Y el robot siguió tratando de establecer comunicación. En esta ocasión inició el sonido de la canción "Quiero tener un millón de amigos" y volvió a sonreír. Entonces me acerqué a detallarlo, y dije:

- Sí esto es un juguete, es demasiado sofisticado.

– No soy un juguete- indicó el robot.

- Entonces ¿Qué eres? preguntó Aldo, temeroso de la respuesta.

- Soy X45, es un gusto conocerlos.

- ¿Qué? Qué clase de nombre es ese ¿Eres un robot, un extraterrestre o qué?

- Todas las anteriores. Soy un robot extraterrestre inteligente.

- ¡Guao! Y de ¿Dónde vienes?

En la esfera, se esbozaron unas pequeñas manos que señalaron hacía el cielo.

-¿Nos lo llevamos para la casa?– Sugerí.

-¡No! Estás loco. Le podemos dar un susto a mamá, mira como nos pusimos nosotros.

- Entonces, ¿Qué haremos con él o ella?

- Mi diseño indica que soy él – aclaró el robot.

- ¿No lo sé?

- Les sugiero explorar mi manual donde indica algunas de las funciones que puedo realizar- Y reflejó como un cine, una imagen en el firmamento con un montón de códigos inteligibles.

- X45, no entendemos tu manual.

- También les puedo hacer un resumen para escuchar- en eso empezó a escucharse un audio que indicaba que su principal función era transformarse en cualquier cosa que se le pidiera, aclarando que no podían ser objetos vivos, solo objetos inanimados, y que este cambio se realizaba sólo por un período limitado de tiempo, y acorde a las dimensiones que tenía. También poseía un banco de información intergaláctica bastante amplio, pues en su planeta de origen él era como una biblioteca portátil.

-Entonces Frank le dijo - ¡Qué interesante X45! dime como acabar con todas las guerras

- Solo se requiere un poco de…

Aldo lo interrumpió – Pablo Perea nos está observando, será mejor que te escondas X45.

La bolicha obediente, se introdujo en la mochila de Aldo y fue apara a nuestra casa. Desde ese día, es uno de los mayores secretos de Los Geniales, y uno de nuestros mejores amigos.nos ha sacado de muchas situaciones embarazosas en la lucha por la justicia en el Universo.

EL VILLANO

El ama las hamburguesas, es un villano muy singular. Lo conocimos en una batalla que libramos por el equilibro del universo, sus poderes de vampiro en principio nos asustaron. Esa mirada malévola, sus colmillos afilados, rostro extrañamente pálido y con extraños poderes, posiblemente proveniente de una galaxia lejana, hasta el día que llegó el director del colegio con el micrófono aturdidor, ese que no sé por qué razón siempre hace interferencia causando un sonido insoportable, y nos reunió en el gimnasio para sermonearnos, y se animó tanto, a tal punto, que se puso a gritar. El sonido de su respiración al contacto con el micrófono hacia un ruido muy molesto. Pero aún con su alto tono, solo logramos entender que a partir de ese día el Vampiro sería nuestro profesor de Educación Física. Nos quedamos muy sorprendidos, no podía ser peor.

Tuvimos que aplaudir por compromiso. Pero era una muy mala noticia que Alias El Vampiro, tendría el control de nosotros durante dos horas a la semana. Seguramente las usaría para extraer nuestra energía. El primer día de clase con don Roberto (Alias el Vampiro) nos hizo dar muchas vueltas alrededor de la cancha, mientras él se quedó sentado a la sombra, claro, el Sol era muy perjudicial para él. También tuvimos que hacer circuitos de saltos, sentadillas, abdominales y más, y así han continuado a lo largo del año. Para mi hermano Aldo, no es un problema, por sí solo, salta por nada, de hecho, nunca se queda quieto, claro él lo hace a su manera, y eso al profesor no le gusta. Mientras que Frank, va como tirado de una cuerda, pero aún así algo avanza. Para mí es un tormento, sobre todo cuando suena el dichoso silbato. Odio el sonido fuerte y aturdido de ese bichito ¿Quién inventaría semejante aparato de tortura? Se usa para dar órdenes o para festejar ¡Cómo el ruido puede significar alegría! Pero la peor acción que ha hecho hasta ahora ese villano, es ponerse a comer hamburguesas mientras todos corremos ¡No puede haber algo más malévolo que comer delante de los hambrientos! Porque, además, nuestra clase de Educación Física es cerca de las horas del mediodía, entonces las tripas a la espera del almuerzo no paran de gritar ¡Aliméntame! Ese es el mayor sufrimiento de Frank. Hasta delira mientras da cada paso sobre la pista. Danza con la hamburguesa que sueña degustar mientras ella le dicen - ¡Cómeme Frank! Lo que hace el hambre en las personas.

Pero quitando esas imágenes perturbadoras, el Vampiro profesor, es un villano gracioso. A veces le da por ser el monitor de la clase y hay que seguir sus pasos cuando baila la Macarena al estilo vampiro. Eso es deprimente, pero no da miedo. Lo bueno es que desde que trabaja en el colegio y tiene menos tiempo para dedicarse a conquistar galaxias y más posibilidades de comer hamburguesas, mientras nosotros, con sus ejercicios, cada día nos hacemos más fuertes para luchar contra el mal y las injusticias.

LOS VIDEO JUEGOS

Se preguntarán ¿Qué hacen un grupo de súper héroes en sus tiempos libres? Los Geniales, jugamos videojuegos. Nos gustan los clásicos donde subimos de nivel, nos dan anillos y a veces, hasta rescatamos a una princesa. A veces también nos ocurren cosas particulares, como aquel día en que llegó Frank con su infaltable ración de tequeños, él adora esos palitos de queso. Mi hermano Aldo tenía una partida pendiente con Frank del juego Sonic. A Aldo se le da muy bien ese videojuego, porque la velocidad es lo suyo, y no para de hablar de él, es su obsesión, pero ya nos acostumbramos. Y a Frank le entretienen los mundos donde a veces, hasta recrea historias. Yo estaba de parada. Solo quería ver, y comer algunos de los tequeños, entonces conectaron los controles inalámbricos que compró mi papá en oferta, dos por el precio de uno, en el Barrio chino. Su calidad era dudosa, aunque prometía hacer maravillas, y así lo hicieron, en lo que conectamos, uno de ellos empezó a emanar humo de su interior, y el otro se volvió como loco cambiado de colores - ¡Qué mala calidad! - Protesté. Pero la cosa no terminó allí, el que humeaba explotó. Ese sonido me dejó aturdido por un instante, y cuando volví en mí de nuevo, mi hermano y mi amigo se habían ido. ¿A dónde fueron? ¿Estarán bien? Me preguntaba mientras salí de la habitación para buscarlos por toda la casa, busqué debajo de los muebles, en la cocina, detrás del refrigerador, hasta en la casa de los perros, pero no estaban. Pensé, seguro están jugándome una broma. Y volví a la habitación para revisar los daños, había pedazos del chunche roto por todos lados tirados en la alfombra, y aún había humo, aunque menos denso, el televisor ni el video juego había sufrido daño, así que decidí apagarlos pues al parecer ya no habría partida que jugar, pues los jugadores se habían esfumado. Cuando iba a pisar la tecla en el control de apagado, escuche levemente la voz de Aldo. Creo que me estoy volviendo loco pensé, y continué con lo que hacía, entonces me ocurrió lo mismo con Frank, y luego escuchaba ambas voces muy tenues, empecé con mi súper oído a tratar de ubicar el lugar, y terminé descubriendo que los chicos estaba justo en la pantalla, pero no estaban escondidos detrás sino se encontraban dentro de ella. No podía creer lo que veían mis ojos. Qué mal, ellos muy divertidos y yo aquí sin poder entrar. ¿Por qué a mí no me pasan estas cosas?

Los chicos estaban fascinados. Esos controles sí que hacían maravillas. Les pregunté si se encontraban bien, si se sentía algo extraño por ser ahora un personaje de videojuegos

Mi hermano Aldo me respondió: - Siento más energía que de costumbre. – Eso ya era mucho decir. Y Frank me empezó a contar todos los pormenores del juego que había encontrado. Ninguno de los dos estaba preocupado, ni si quiera yo, era una experiencia maravillosa. También quería entrar, así que les pedí que me esperaran, porque intentaría entrar para poder jugar los tres juntos. Así que trate de unir los pedazos para volver a explotar de nuevo el control, pero no hubo forma, así que resignado les dije: - No he encontrado la manera de acompañarlos, así que aprovechen que están ahí y hagan la carrera que tenían pendiente, el que gané se come los tequeños.

Los chicos estuvieron de acuerdo. Y no solo hicieron una carrera sino muchas, en diversos mundos. Jugaron con la arena en la playita, se colgaron de lianas en la selva, patinaron sobre rampas en la ciudad, se deslizaron por rieles en una metrópolis luminosa y se volvieron bolitas rápidas para girar de cabeza, Frank por su puesto se vomitó, pero eso no le impidió continuar divirtiéndose. Mientras yo los veía desde una cómoda butaca comiéndome algunos tequeños. Pero los chicos empezaron a tener hambre, porque aunque en el videojuego había muchas cosas interesantes, pero no algo de comer, solo aros de oro, pero esos no saben ricos, si tan solo fueran de cebolla. Entonces, es ese momento, empezaron a pensar en cómo salir. Me pidieron que usar el control de una forma parecida a la que los había hecho entrar, pero eso ya lo había probado y no funcionaba. Para poder pensar, comí algunos tequeños, porque no se puede idear algo supremo con el estómago vacío. Hasta que después de tanto darle vuelta, recordé que en alguna película, cuando los jugadores lograban el nivel máximo se terminaba el juego y podían salir. Pero los chicos estaban agotados. No podían correr más y tenían mucha hambre ¿Qué podíamos hacer? Entonces se me ocurrió la más brillante de las ideas, apagar y encender el videojuego. Tenía temor, que al apagarlo, no los vería más, pero había que intentar todas las opciones posibles, porque no era una buena alternativa tener a mi hermano y a mi amigo solo dentro de una pantalla. Si eso funcionaba para el teléfono y también para la computadora, porque no podía ser viable en un videojuego. Así lo hice, pulsé el botón de apagado por unos instantes y el videojuego se apagó. Pero ni rastraos de los chicos, entonces a pagué también la pantalla del televisor. Pero seguía sin ocurrir algo. Entonces si me preocupé ¿Dónde están? Y recordé que faltaba un paso de mi plan, no había que solo apagarlo, también había que encender los aparatos de nuevo. Así lo hice, en esta oportunidad, la consola se comportó de forma extraña, de ella emano un haz de luz que encegueció mis ojos, y al volver a mirar, allí estaba mi hermano Aldo y mi amigo Frank. Corrí a abrazarlos, y lo primero que me dijeron fue: ¿Dónde están los tequeños? Los tres miramos el envase donde estaban, y se encontraba vacío – Estoy muerto de hambre ¿Qué pasó con los tequeños?

- ¿Dónde están mis amores? Los he extrañado tanto- indicó Frank buscando sus adrados palitos de queso.

Entonces recordé que de tanto pensar ideas para sacarlos del programa, casi sin darme cuenta me los había comido todos, pero me dio pena admitirlo y les dije: - Cuando volvieron ustedes los tequeños se esfumaron, tal vez terminaron dentro del videojuego ¡Qué extraño¡ ¿Verdad? No quedaron muy convencidos con mi historia, porque además, había numerosas *burusas* junto a mi boca que indicaban otra cosa. Pero el mal estaba hecho y Frank propuso que pidiéramos por teléfono unos tequeños a domicilio. Y yo dije: - Que tal si también pedimos un par de controles más del Barrio Chino. Todos nos miramos con cara de locos y nos reímos por mi ocurrencia. Aún estoy esperando el delivery.

EL VIAJE

Cuando estoy en clase de literatura, mi imaginación vuela. La profesora me dice frecuentemente: - Jeremías no te duermas.- Pero yo me quedó viendo el ventanal que queda justo a la par de mi mesa. A través de él, entran un haz de luz que muestra varios colores y zas, estoy en otra galaxia. El otro día viajaba con los chicos a un planeta extraño, tres tripulantes provenientes de la Tierra. Día 1: Por lo que hemos podido observar durante los últimos días, alienígenas parecidos en apariencia a nosotros. Muchas de las cosas que habitualmente usan son similares a las nuestras, aunque ellos tienen formas particulares de llamarlas, imagino que son cosas del idioma. El planeta al que hemos llegado se llama Acua, y en él, hay mucha agua en diversas formas: ríos, lluvias, y sobre todo tormentas de noche y de día. Sus habitantes son muy aburridos y acuados. Parecen diluirse en el líquido. Que ¿Cómo terminamos aquí? No lo sé. Fue una de esas grandes ideas que se me cruzaron entre un cuento de Borges y otro de

Cortázar ¡Qué hemos hecho! Salimos huyendo de la Tierra, y nos encontramos varados en este mundo tan mojado.

Todos esos seres, que también por cierto son enanos, nos ven de un modo extraño con sus ojos saltones, es que se nota a simple vista que no somos de estas acuas. Nos tratan con desprecio, nos miran acusadoramente, diciéndonos con sus expresión, no son bienvenidos terrícolas, mejor váyanse a su planeta, no los queremos aquí, no hay espacio para ustedes.

En Acua, también hay seres - máquinas, que pueden ser contratados por una unas pocas cifras de pago electrónico y se dedicaban a ser los obreros, hacen el trabajo que los acuados no ocupan como: cocinar, servir, limpiar, y por eso, solo reciben pagos electrónicos....porque los seres de este planeta, solo se dedican a la contemplación.

¿Por qué permanecemos en Acua? Porque no ha terminado la clase de español. Bueno, nuestra nave se quedó sin combustible y en este planeta no sé consigue. Cada día buscamos refugio para no mojarnos, hoy hemos conseguido un lugar donde refugiarnos, una choza de tablas que nos han alquilado por 2 tarjetas de fútbol. Esa es la moneda entre acuados.

Los juegos de fútbol son su debilidad, aunque ellos lo llaman furbor. ¿Quién lo iba a pensar? Que nos salvarían las barajitas del pasado mundial, y parece que Frank tiene un montón. ¡Somos ricos! en Acua, pero que lugar tan malo para serlo, la mayoría de las tiendas solo venden acua.

Después de mucho meditarlo y de encontrar una forma de conectarse a San Google, desde este rincón olvidado de la galaxia, mi hermano Aldo, ha tenido una idea para sacarnos de aquí. – Aldo, tanta agua nos pueda servir de combustible y así salir de aquí, porque no me encanta la idea de pasar el resto de mis días en este aguado planeta.

- Si, yo encontré que con las algas y agua, se puede extraer una solución de azúcares, que al fermentarse se logra obtener etanol.

- Si tal vez nos haga volar.

- ¿Pero a dónde? - preguntó su amigo Frank.

- No importa, mientras que sea fuera de aquí.

- Hay que revisar la bitácora, tal vez haya algo mejor que este cerca a donde podamos volar.

- También necesitaremos hacer una pista para darle una base desde donde pueda despegar la nave.

- Sabes que acabo de ver. Un ser-máquina merodeando por aquí.

- ¡Que extraño! ¿Será que lo enviaron a vigilarnos?

- No lo sé Aldo.

El ser-máquina se acerco a los tres muchachos que permanecían junto a la nave tratando de encontrar la manera de hacerla funcionar.

- Chicos, mi nombre es #$@^/_#59.

- Te llamaremos 59 para resumir.

- ¿Qué te trae por aquí? No queremos contratar tus servicios por ahora.

- Es que les traigo una información muy importante, que les puede interesar. Escuche una alerta que emitían las fuerzas de seguridad. Están evacuando al personal indispensable. Se presume una gran explosión. El centro del planeta Acua está a punto de estallar.

- Ok. Gracias por avisar, pero porque la compartes con nosotros, no tenemos tarjetas interestelares con que pagarte solo efectivo de barajitas.

- Como les comenté, solo evacuaran al personal indispensable, y los seres máquina modelo trabajador no pertenecemos a esa categoría. Veo que tienen una nave, que en estos casos sería muy útil, y quisiera ¡Qué me sacaran de aquí!

- Pero tenemos un problema, nuestra nave no tiene combustible, y acá no lo venden. Sin embargo tenemos una idea. Sí nos ayudas te llevaremos de aquí.

- ¿Qué tengo que hacer?

- Conseguir una pista y mucha agua.

- La tierra la puedo buscar en la elevación más cercana, pero el agua solo con mucho dinero se puede obtener. La traen en contenedores de otro lugar, y aquí la procesan y venden.

- No te preocupes Jeremías, yo me encargó de conseguir el agua, recuerda que ahora soy millonario.

- Está bien, pero que te acompañe Aldo.

Parece que ahora si vamos encaminados en algo, le dije a Aldo que fuera con Frank, porque es muy despistado y a veces loquito, no se sabe lo que pueda pasar. También espero que el ser-máquina no nos decepcione. Ojalá que la explosión de la que habla no ocurra tan pronto, ¡Por cierto! no le pregunte sobre eso.

****

- Frank apúrate, que no tenemos toda la vida.

- ¿Aquí no venderán carros? así llegaríamos más rápido al centro para comprar lo que hace falta. Sabes que, también tengo hambre. Hoy no hemos desayunado. Me provocan unos tequeños bien resueltos. ¿Qué dices?

- Yo también tengo hambre amigo, pero tú crees que aquí encontraremos un restaurante en donde vendan eso.

- Nunca se sabe.

Los dos chicos caminaban sobre los charcos formados por las interminables lluvias de Acua. Eran particulares. Llovía en diferentes direcciones. Era casi imposible evadir. De izquierda a derecha, de derecha a izquierda, hasta de abajo hacia arriba. Cuando por fin llegaron al centro de Acua, encontraron un centro comercial, había una feria de comida, y tenían unos dedos de queso, bueno así les decían, pero eran iguales a los fulanos tequeños que deseaba Frank, sin embargo, después del camino lleno de lluvia que atravesaron, las tarjetas de fútbol estaban mojadas. -¿Y ahora con qué pagaremos? Estas tarjetas se van a borrar o deshacer - Buscaron un sitio donde resguardarse de la lluvia, y revisar que podían salvar. Pero sólo con un milagro eso podía ocurrir. Tenían que recurrir a alguna otra alternativa para comer y conseguir el material para hacer el combustible.

Estaban sentados en las mesas, y pasaban alienígenas con comida, llevaban mucha para alimentar las cuatro bocas que tenían. La mayoría lucían inflados.

- ¡Qué planeta más inteligente! ¿No lo crees?

- ¿Hablas en serio?

- No lo digo con ironía. Porque entre el exceso de comida y el montón de agua se están destruyendo.

- Y yo aún sigo con hambre. Pero se me acaba de ocurrir una idea. ¿Por qué no trabajamos como los ser-máquina y así obtenemos un poco de dinero?

- Tu idea es buena Frank, pero no es un método que nos funcione ahora. ¿Sabes cuánto le pagan a un ser-máquina por cada hora de trabajo?

- No ¿Cuánto?

- Una miseria, para obtener el dinero que necesitamos requeriríamos años de trabajo. ¿Y tú no quieres pasar años en Acua, o sí?

- ¡No!

- Pero los acuados si ganan suficiente, solo por contemplar el universo de 9 a 3, con dos horas de descanso. Si pudiéramos emplearnos en uno de esos trabajos.

- ¿Y si nos hacemos pasar por acuados? Nos disfrazamos y obtenemos el dinero.

- Si, esa es la idea.

- Pero, además de lucir como ellos, debemos comportarnos como tal. Hay que dejar de ser tan maravillosos, estar callados y con bajo perfil, y sobre todo ser muy aburridos. No lo olvides Frank.

- Está bien Aldo.

De la mochila, Aldo sacó la esfera mágica que les permitía cambiar de forma, y al colocar sus manos en contacto con ella, los dos chicos se transformaron en alienígenas acuados. Al mirarse uno al otro saltaron de susto. ¡Qué pinta se gastaban! Pero ahora Frank tenía más hambre, con sus nuevas cuatro bocas que alimentar.

Empezaron a buscar en los alrededores algún anuncio de solicitud de trabajo para un acuado como ellos, caminaron por las calles humeantes, opero no encontraban donde colocarse. Un anciano acuado se les acercó al ver lo que hacían.

- ¿Buscan trabajo?

- Sí ¡Dónde podemos conseguir?

- ¿Es enserio? De dónde salieron ustedes. Si hace muchos años que los acuados no buscamos trabajo, los empleos que ocupamos se los pasan entre los amigos y familiares, no se colocan anuncios, ni mucho menos. Acaso no tiene quien los coloque, porque sin eso es imposible encontrar uno.

- ¿Usted no nos podría ayudar?

- No chicos, hace rato que salí de esas roscas. Ahora recibo un miserable pago por vejez.

- ¿Y qué hace con lo que le dan?

- Lo vendo y así consigo algo más para medicinas que es lo que verdaderamente necesito.

Los chicos pensaron en pedirle un poco de esas bolsas al anciano, pero entendieron que no debían, ese pobre hombre requería cada medicina que podían pagar. Estaban decepcionados. Ahora como lograrían conseguir los insumos para hacer el combustible. Se sentaron a pensar y tomaron la esfera para volver a su estado original. Todas las miradas volvieron a posarse en ellos, los extraños que todos querían expulsar. Pero era mejor que tener cuatro bocas y seguir con hambre.

Frank metió las manos en sus bolsillos, como buscando algo que tal vez fue se quedado olvidado para comer, tal vez un caramelo o una papita frita. Y descubrió que el calor generado por la transformación de la esfera había secado las tarjetas de fútbol.

- Jeremías estamos salvados.

- ¿Qué te pasa?

- Mira mis manos

En las manos, Frank tenía un puñado de barajitas secas que le mostraba a Jeremías.

- No puede ser ¿Están bien?

- Si. Se salvaron de milagro.- Entonces los dos chicos salieron corriendo en la búsqueda de los insumos para el combustible.

- ¿Qué compramos primero?

- La comida. Las tripas me suenan.

Entonces fueron a la feria de centro comercial donde habían visto los palitos de queso y compraron tres raciones. Al morderlos, se enteraron que lo que los acuados llamaban queso, eran frijoles negros.

- ¡Ay por Dios! ¿Qué es esto?

- Frijoles dentro de un tequeño. Con lo que odio las caraotas, pero mi hambre puede más - dijo Aldo mientras con cara de tristeza y resignación masticaba los particulares tequeños del planeta Acua.

- ¡Qué aberración! El mundo se va a acabar. No me gustan los gustos de estos acuados. – Agregó Frank, que estaba muy decepcionado.

A pesar del disgusto, al no encontrar el ansiado queso que esperaban en la comida, ingirieron los tequeños, y siguieron a buscar las algas que servirían para darle impulso a la nave. Había tiendas por doquier. Jeremías les había pedido una variedad un poco rara, pero posiblemente muy efectiva para encender la nave. En varias tiendas, los sacaban al ver que eran diferentes, pero en lo que se percataban que tenían las valiosas barajitas, los trataban como reyes, aunque en su interior los despreciaban, pero más podía el interés de una buena venta que el rechazo a los extraños. Después de recorrer varios establecimientos, logaron dar con las algas. Requerían una cantidad considerable para hacer el etanol, así que gastaron varias de las tarjetas en ello. Pero tenían un problema, como las llevarían hasta donde estaba Jeremías con la nave.

- Aldo no te preocupes, recuerda que he vuelto a ser millonario en Acua, solo compraremos un transporte que nos lleve.

Pero no era tan sencillo, requerían de permiso de conductor intergaláctico de naves para que le vendieran una, sin embargo, alguien les sugirió que le pagarán a un *agilizador* para que este les consiguiera una en el mercado negro, y después de desprenderse de más tarjetas, lo lograron, obtuvieron la licencia y también el vehículo.

Cuando llegaron conmigo Aldo y Jeremías, pudimos resolver el problema de la nave, y emprender vuelo lejos del planeta Acua, hasta pudimos llevar a 59 con nosotros.

Pero después sentí una palmada en mi hombro. Era la maestra de español que me preguntaba cómo había estado el viaje, y yo solo le pude decir, que había sido muy particular, entonces me calificaron con una "A", porque leíamos La autopista del sur, de Julio Cortázar.

COCINANDO

Cuando tenemos hambre, los poderes también son de gran utilidad. En una ocasión, teníamos que crear un proyecto de ciencias para la feria científica, y no encontrábamos algo que fuera bastante sencillo y original, pero sobre todo útil que pudiera servir para aportar algo interesante a la ciencia, ese es un tema que nos encanta a los tres, eso sí muy alejado de aprenderse de memoria los conceptos que nos piden los profesores, a nosotros nos gusta es la fase de la experimentación, cuando hay que hacer alguna mezcla explosiva, algo que se mueva o que emerja. Pero estábamos sin ideas, y decidimos buscar en Internet, pero solo aparecían tutoriales donde mostraban como hacer una mano robótica, lo más original del Universo, hasta que vimos uno donde indicaban que con unos imanes de parlante podíamos crear un poco de electricidad que nos permitiera mover algún objeto. Nos pareció fantástica la idea y empezamos a buscar las piezas necesarias en los corotos en el cuarto de los chécheres. Encontramos unos trozos de imán y algunos cables. Mi abuelo se enteró, y nos dijo: - Recuerden chicos, que esa clase de pruebas solo las deben hacer con la presencia de un adulto. Entonces, nos acompañó a hacer nuestro descubrimiento para la ciencia, y cuando requerimos calentar unos cables para doblarlos, él lo hizo por nosotros, y menos mal, porque mi pobre abuelo terminó con sus pestañas achicharradas, sin embargo, fue solo eso, por su gran pericia y experiencia, por esa razón, no dejen de pedir ayuda a un adulto. Al final, ese intentó no resultó porque, en realidad la información era falsa, no había sustento científico apta encender un bombillo con unos imanes viejos, era solo un truco para obtener más seguidores, por cierto, también tengan cuidado con lo que encuentran en Internet, hay muchos mentirosos. Pero debíamos dejar eso atrás la feria de ciencia esperaba por nosotros, y aún no teníamos una idea, entonces en la casa cortaron el servicio eléctrico, y mi abuelo buscaba como preparar algo para comer, pero todo lo que había en los cajones requería cocción, pero siempre de la necesidad surgen las mejores ideas, y a Frank, siempre con un hambre de gigante, se le ocurrió hacer una cocina con un paraguas viejo y mucho papel aluminio. La llevamos afuera, y la colocamos al intenso sol, colocamos un sartencito con tapa en el centro, un poco de aceite en él y un huevito estrellado en su interior, en pocos minutos debimos sacar un delicioso y cocido huevo frito. La boca se desesperaba y la lengua salivaba más de lo normal, porque todos estábamos hambrientos. Frank se imaginaba caminando de la mano junto al huevito recién preparado. Colocamos un

cronómetro para esperar a que se cocinara y de cuando en cuando lo revisábamos. Pero el tiempo pasaba muy lento, y aún no teníamos un huevo frito. Entonces le dije a mi hermano: - Olvídate de eso, el hambre apremia.

Y él, sin responderme, asintió con su cabeza, y sacó a relucir su poder en forma de rayo, yo lo acompañé, y sumé en mío en pro de un huevo frito, pero se nos pasó un poco la mano, y quedó como chancleta vieja muy bien cocida. Mi abuelo después de ver todo nuestro esfuerzo, y que aún no podíamos comer algo, nos dijo: - Chicos que tal si mejor les invitó una pizza. Después de comer, se les ocurrirá una mejor idea para aportar a la ciencia.

Al volver, inspirados por el pepperoni y el queso mozzarella, creamos una máquina para automatizar la fabricación de una pizza, y nos dieron una mención en la Feria Científica. ¡Mama mía!

EL SALÓN DE LOS SÚPER HÉROES

Solo los niños que tenemos poderes especiales asistimos a esa aula. Las maestras son las más dulces del colegio y las actividades, por lo general, están relacionadas con juegos. La niña Doris es mi preferida, es una maestra que entiende que no hay necesidad de exigirnos tareas interminables, sino dejarnos que investiguemos lo que llame nuestra atención. Esa aula está marcada con un rótulo que indica el número siente (7), aunque a veces, cuando hay actividades extras se usa el salón seis (6). A mí me gusta más el siete por su gran ventanal, y está pintada de mi color preferido, el azul.

La entrada a las actividades heroicas, es a las ocho y treinta, para que de camino no nos congelemos, y tengamos tiempo de arreglarnos con tranquilidad, al igual que de tomar un desayuno completo, aunque a la hora de la merienda nos dan un gama de frutas a escoger, y en el almuerzo degustamos un suculento banquete que incluye pollo asado, bistec o chuleta

El salón está lleno de butacas cómodas y grandes mesas para compartir con los compañeros durante las lecciones. Además, cada uno tenemos un escritorio con sillas acolchadas y computadoras con acceso a la última tecnología, con aplicaciones como bibliotecas de todo el mundo, mapas en versión 360°, vídeos tutoriales para aprender hacer diversas cosas, en fin, una gama de múltiples posibilidades para satisfacer nuestra creciente curiosidad.

En el centro, hay cajones gigantes, como en una ganga, llenos de diversos libros con grandes y coloridas ilustraciones, podemos extraer, cada día, uno al azar para leer en un rincón plácido del jardín, acostados en una hamaca o sentarnos en una mecedora. Cada página recorrida, nos permite viajar con la imaginación a selvas tropicales, islas desiertas, calles empedradas o puentes colgantes.

También tenemos equipo de laboratorio para hacer experimentos novedosos que despiertan la curiosidad. Mis preferidos son los que explotan, aunque lo hacen levemente, es divertido ver los compuestos regarse por el ambiente. Usamos materiales comunes y diversos para desarrollar cualquier creación que se nos cruce por nuestra mente imaginativa.

A la par del salón de súper héroes, está un patio de juegos grande, con trampolines, patines, pelotas y cuanto chunche curioso y divertido, que nos permita distraernos al aire libre, y así lograr gastar la energía que tenemos contenida, sobre todo, para los que tienen poderes TDAH, como mi hermano Aldo.

El ambiente es muy agradable, compartimos con un montón de amigos con diversos poderes, colores de piel y provenientes de otros países llenos de ideas diferentes. Así cada día, aprendemos nuevos juegos y hasta palabras raras con sonidos graciosos. Hacemos carreras, solo para reírnos y divertirnos. No hay ganadores ni perdedores, todos somos súper héroes que aportamos un especial poder.

También, al final de la semana, formamos equipos para descubrir animales exóticos en el jardín como: orugas, hormigas, mariposas y pájaros coloridos; realizamos actividades de unir piezas hasta hacer chunches rodantes que se deslice por las pendientes; o sembramos semillas para obtener verduras y frutas que comer.

La niña Doris nos ayuda a aprovechar nuestros súper poderes, es una gran directora del nuestro cuartel. Para mí, ser Asperger es lo máximo. Hay quienes nos califican como especiales, y definitivamente lo somos. Aunque en realidad, además de los paladines de este salón, cada quien tiene un poder que aportar, porque todos somos diferentes.

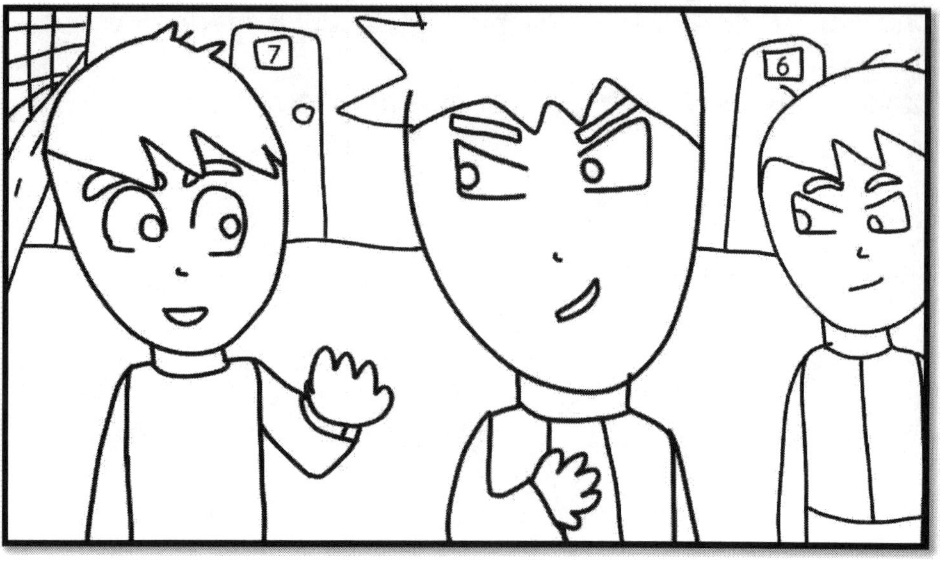
7
6

LAS MASCOTAS GENIALES

En casa hay tres perros, pero no somos como cualquier mascota que se conoce, estos canes tienen características particulares que los hacen ser parte de la pandilla de los Geniales. El primero en llegar a casa fue Bamban, un perrito que estaba muy flaco por no comer, y un día que regresaba de la escuela se me pegó en el camino, yo le sonreí y él a mí, y desde entonces somos grandes amigos ¿Por qué lo nombre así? No fue mi idea, fue la de él. Cuando llegó, golpeo la puerta con sus patas, con dos golpes contundentes, que sonaron a Bamban, y así se quedo. También está Arturito, que lo trajo mi hermano. Un día, Pablo Perea y sus bravucones intentaban golpear Aldo, aunque no entiendo como pierden su tiempo, si él es tan rápido que les puede hacer calzón chino sin que se den cuenta, pero no se cansan. Pero volviendo a Arturito, él era el perro de Pablo, pero el solo lo gritaba y tenía encadenado, entonces en una se esa rápidas carreras vacilonas de mi hermano, se lo soltó a Pablo, y Arturito huyó. Cuando Aldo se libró de los bravucones, lo siguió a la casa y ahora es parte de los geniales. Menos mal que mi familia no tiene problemas en recibirlos. Entienden que tener limpia la casa no es un motivo suficiente para dejar a un ser vivo en la calle, esos sí, cada uno debe encargarse de colaborar en su cuidado y con el orden.

El último en llegar, fue cachorrito, ese fue un obsequio del abuelo. Los tres son las mejores mascotas que alguien pueda tener, pero no lo digo porque son mis perros, sino porque es la verdad. Además de ladrar, correr y mover la cola, ellos tienen un súper laboratorio secreto debajo de su casita de perro en el patio, que, además de ellos, solo conocemos Aldo, Frank y yo. Son unos canes muy inteligentes, que realizan invenciones tecnológicas que quisieran muchos desarrollar, hasta hablan en varios idiomas, lástima que no dominen el en español. Sin embargo, se mantiene en total anonimato luchando junto a nosotros por mantener el equilibrio del Universo, son una parte importante de Los Geniales.

EN EL MAR

En agosto, por fin habían llegado las vacaciones. Fuimos con la familia a la playa, aunque no me gusta mucho la sensación que produce la arena en mis pies, el agua es otra cosa, así que me mantuve el mayor tiempo posible remojándome en las olas. Aldo me acompañó en medio de esa masa de agua salada, porque a él le apasionan los deportes acuáticos, yo prefiero estar cerca de la orilla, porque aunque somos súper héroes, sobre todo somos pensantes, no hay necesidad de arriesgar el pellejo en muestra de valentía.

Mi hermano trajo una tablita, que le ayudaba a surcar las olas. Mientras nos bañábamos plácidamente, repentinamente los pájaros empezaron a volar sin una dirección clara, y en la orilla, la abuela nos hacía señas de que saliéramos del mar, pero estábamos tan bien en el agua que no le prestamos atención. Seguramente, nos están llamando para comer y aún no tengo hambre, pensé. Las olas empezaron a crecer, y entonces si me lo tomé en serio, pero mi hermano seguía deslizándose entre ellas, hasta que se acercó una muy alta, medía casi como un edificio, y yo en medio de ese inmenso mar solo esperaba que me revolcara hasta la orilla. Mi hermano, al ver que no me movía y que podía estar en peligro, salió de la nada y me aventó la tabla, me subí a ella, y él con su súper velocidad, se echo a correr empujándome al mismo tiempo, mientras trataba de ganarle a la ola, era tal su impulso, que caminaba literalmente sobre el agua. En el centro la ola, se asomaba nave que nos perseguía a gran velocidad. Mi hermano se divertía viendo cómo, a pesar de su esfuerzo, ni la ola, ni la nave podía darnos alcance. Yo iba cortando el camino con un rayo de fuerza, abriéndonos espacio entre las aguas. Al rato nos percatamos, que dentro de la nave, iba el bravucón de la clase, Pablo Perea, junto con sus secuaces. Querían atraparnos para hacernos bullying como de costumbre, y así sentirse populares. No tenían descanso ni en las vacaciones. Había sido una desafortunada casualidad, que viajaran al mismo paraje en el asueto, pero no contaban con el poder maravilloso que tenemos por ser especiales, y más aún, cuando estamos unidos.

Aldo, al cabo de un tiempo vacilando, se había aburrido de la persecución, entonces decidió darle una vuelta a la situación, realizando una maniobra con su súper velocidad que le permitió crear un tornado gigante en el agua. Pablo, el chico malo que no tiene miedo, se asustó al verlo, al punto que se puso a temblar como majarete, pero no le dio ni tiempo de retroceder, y quedó atrapado en el remolino, dando vueltas sin parar en el vehículo junto a sus amigos.

Mientras mi hermano y yo, llegamos a la orilla para descasar relajados sentados en una sillas tomando agua de coco para disfrutar el espectáculo.

Acerca del autor

Dayana Benavides, es una escritora y periodista venezolana, que transmite en sus relatos lo mágica que puede ser la realidad aderezada con la ficción y un toque de humor. Es una de las nuevas voces femeninas de la literatura latinoamericana con una narrativa innovadora, fresca y contemporánea. Algunos de sus cuentos publicados son El Hechizo (Cuentos para los más pequeños - Editorial Ipapedi), Deseo (Bajo La Piel. Volumen #1 - Carpa de Sueños), Desde lo alto (Escuela Viva - La Revista Notitarde), La fuerza de la atracción (Bicirelatos), El reflejo (Revista Cisne), Cuentos Locos para Cuerdos (Amazon KPD), El Cavernícola (Editorial Lector Cómplice), entre otros. En Costa Rica, fue seleccionada para participar en la Fiesta Nacional de la Lectura 2022.

Acerca del ilustrador

Ángel David García, es un joven talentoso del mundo de la ilustración, pues tiene gran sensibilidad para el dibujo, y posee un especial cariño muy especial por los personajes Los Geniales, porque creció escuchando sus historias desde la infancia. Actualmente, se dedica a crea historias en dibujos tipo comics y a hacer animaciones digitales, por lo que está iniciando estudios de informática para profesionalizar su pasión.

Made in the USA
Columbia, SC
18 October 2023